句集

百昼百夜

Hyakuchu hyakuga

Ishikura Natsuo

石倉夏生

本阿弥書店

句集　百昼百夜＊目次

装幀　小川邦恵

句集

百昼百夜

石倉夏生

Ⅰ　日本の齢

平成二十年〜二十二年

甚平といふ精神に腕通す

パラソルの中の翳りと握手せり

滝を見て滝の一部になつてをり

かたつむり視線に触れて引き返す

光はねかへす水辺の行々子

晩夏晩鐘一艘の舟を待つ

黄金虫必死に擬死をつづけをり

歳月の深きところに山法師

大毛虫ボレロのリズムにて進む

新涼を滴らしゐる砂時計

眼を離すとき白桃の身じろげり

切れ味のよき秋風と橋渡る

三日月や馬老いて尚かんばしき

別の世を漂うて来し返り花

日本の齢の色の梨をむく

表現のくらがりを飛ぶ草の絮

水甕のふくらんでゐる月夜かな

冬の鵙とは夭折の画学生

太陽も地球も古び初景色

春の雪わが暗澹を濡らしをり

てのひらに恍惚とある種を蒔く

春の野の三人は三本の棒

封筒の中はむらさき雛の夜

風船を空の水子へ放ちけり

野遊びの一人は空と遊びをり

眼の中をたがひに通る桜山

陽光にずぶぬれの柿若葉かな

伸びきつてゐる麦秋の地平線

コーラスのやう紫陽花の群生は

明易し真一文字にバイク過ぐ

亡父いま還りて鳴らす鉄風鈴

哀しみを集めて月見草咲けり

水が生む夜の水音ひろしま忌

からすうり頭の中にぶらさがる

前頭葉青々として温め酒

梟の眼の中に在るこの世かな

耳鳴りに朱を加へゐる虎落笛

探梅の行き交ふ木々に記憶あり

花菜風あびてより漂泊心地

うさぎとの別れもありて卒業す

左手の方がよく飛ぶしやぼん玉

翁と媼夜は桜になつてゐる

理髪椅子春の深みに存在す

とろんぼんとろんぼーんと風光る

そよかぜに身を乗り出せり蝸牛

夕立のあとの夕日はバグパイプ

くろがねとなるまで鳴けり油蟬

微笑みに拒絶の混じり夏帽子

ドロップの缶より転げ出づる夏

万緑の暗さのマタイ受難曲

あめんぼの力めば水も力むなり

雷鳴のよぎる原稿用紙かな

滝しぶき時間と水のよく混じり

蜩が森の微熱を冷ましをり

月明の野は一枚の感光紙

鶏頭は絶えず微量の闇を吐く

天の川華厳の滝へ繋がれり

視線からませて菊人形同士

砂丘生まれの秋風と岬まで
思想家の貌で振り向く枯蟷螂

星座より音叉のひびき冴ゆるなり

綿虫を見てより虚無のはじまりぬ

木枯一号怠ける風は置いて行く

青空に落款ふたつ木守柿

冬帽子かぶるや遺失物のやう

毛皮めく枯野を踏んで水辺まで

Ⅱ

別々の夜

平成二十三年〜二十五年

精神を包むに黒の皮コート

手紙来る冬青空の筆致にて

雪の降る速さのラストワルツかな

シンバルの一拍冬をこなごなに

足音に青味を帯びし枯野かな

葱をむく磁石のやうに夜を集め

天寿なり春の柩よ帆を上げよ

桜咲くたび父は戦死をくり返す

縦列の靴音の過ぐ春の闇

白昼を奪ひ合ふ山桜かな

美しく刃の通りたる桜鯛

大いなる袋と思ふ五月闇

白線を引く陽炎をかき分けて

太陽の中へも入る揚雲雀

別々の夜を持ち寄り螢狩

水馬はガラスの靴を履いてゐる

みづいろの風紋の蟬しぐれかな
どれも怒つてゐるよバナナの曲線は

白南風へ舳先を入れて離岸せり

人間が重くてならぬ大夏野

すぐそばの未来へ跳べり蟇

鶏頭の一群一徹に立てり

鐘が鳴る花野に体容れてより
みづうみの理性ねこじやらしの感性

水底に沈む落葉は言葉なり

づきんづきんと原子炉のある冬景色

悲のやうに悟りのやうに寒牡丹

凍滝の全身全霊にて光る

恋猫の瞳孔は岡本太郎

顔剃られをり薄氷の気分なり

青空に胸まで浸かり春の土手

陽炎の奥の砂漠に戦火あり

指揮棒の先より生まる春愁

鞦韆の金具を鳴かせ過去へ漕ぐ

絵葉書の表は薄暑裏は海

現在を昏く漂ふ夏帽子

打水に風が色めき立つことも
川音が螢袋を出入りせり

蟬穴の奥に妙なる小部屋あり

夫婦無言その傍らに蠅叩き

ゴスペルに乗つて螢の浮遊せり

闇よりも濃き存在の蟇

甚平を着て極上の嘘ひとつ

籐椅子の傍に大きな奈落あり

絶頂の寂しさにあり曼珠沙華

流星に貌を削がれしスフィンクス

鈍痛の色の夕映え憂国忌

象の目の非常に小さし開戦日

木枯の胴のあたりを横断す

荒涼と体の匂ふ冬至風呂

寒き夜の色彩として電話鳴る

類語辞典ひらけばそこは枯木山

てのひらに畝をつくりて種物屋

一瞬をいくつも繋ぎ椿落つ

これが母の有季定型柏餅

一頭の鬱に居着かれ春深し

父の待つ海市へ母を見送れり

麻酔まだ青く尾を引き春の夜

古傷の上に擦傷桜桃忌

病棟の白線辿り行けば朱夏

孵化のごと羽化のごとくに蓮咲けり

八月や死者も生者も水を欲る

団栗は落ちる地球は浮いてゐる

告白に射程距離あり百日紅

新米のふと青空の匂ひせり

一枚の色紙の中の夜長かな

万華鏡ときどき曼珠沙華の見ゆ
白桃の中は湖かも知れず

ペンギンのつぎつぎ転ぶ文化の日

借景を研ぎ澄ましたる鹿威し

Ⅲ　疑心の色

平成二十六年〜二十八年

映りたきものを映して冬の沼

青空と枯野に挟まれて一人

抱擁を考へてゐる懐手

絵手紙の冬の砂丘で会ふことに

甲冑の奥より冬の雷ひびく

清潔な風送り出す枯木山

隕石のごと地球儀へ豆を撒く

剃刀の刃を舐めてゐる冬の蠅

恋猫が傷見せにくる撫でてやる

生き物の感触の春雪を踏む

咲き終へて木々に紛れる桜かな

しやぼん玉の一つ一つに空を詰め

黒牛の黒く見てゐる春の雨

あげひばり風に着色してをりぬ

鳥雲に前方後円墳は船

牛蛙一重瞼が重たさう

噴水に風が刺客のやうに来る

広々としつらへてある蟻地獄

向日葵の縦列学徒出陣す

夜の桃夜のナイフに映りけり

佳境にて死者も加はる盆踊り

裸婦像に月の鱗のふりかかる

白桃に完璧といふ時のあり
川はしづかに台風を待つてゐる

星流れ水琴窟の音を曳く

枯山に日差したつぷり沈澱す

我は流木冬の入江に漂着す

白鳥のどれも魔法の効いてをり

鏡から鏡へ移る余寒かな

太筆に墨を吸はせて春惜しむ

千頭のたてがみと化す麦嵐

風景に補助線を引く黒揚羽

凌霄花めらめらめらと本能寺

信長の疑心の色の箒草

晩夏かな水の冥さの父と会ふ

月光の全量を浴び帰郷せり

真葛原からまつすぐに戦車くる

金婚の祝ひに満月をひとつ

半分は雲になりたる芒原
自己愛の蕊を広げて曼珠沙華

落葉踏む弾力逢ひに行く浮力

音の無き叫びの釣瓶落しかな

手を伸ばすたびに綿虫ひかりをり

騙し絵の中に棲みゐて冬夕焼

蛇獣あまたを蔵し山眠る

梟と腹話術師と入れ替はる

寒月光とは金粉か銀粉か

悪夢もどうぞ極上の羽根布団

すべて鏡の中のできごと去年今年

どんど火に撫でられて長生きをせり

虚空より般若心経春の雪

春の小川三人跳んで一人落つ

おぼろ夜を軋ませて行く櫂の音
囀りのイエロー囁きのブルー

曇天の鍵穴さがす揚雲雀

朝寝して全身に薄墨の満つ

双眼鏡にて白鷺の傍に立つ
おはぐろとんぼ呪文のやうに漂へり

仄暗き繭のこの世へ昼寝覚
サングラスの中に半日隠れゐる

午後の陽と同じ角度でラムネ飲む

銃・戦車・兵士・晩夏の玩具箱

死の音す日傘の骨を開くとき

十六夜の微音を払ふ象の耳

曼珠沙華ふたりの胸に飛び火せり

秋雲の一片として塔に居り

Ⅳ　文面の奥

平成二十九年〜三十年

北風や抜き手を切つて電車来る

寒鯉も我も真昼を身じろがず

遮断機に尾を切られたる春一番

恋猫の一夜あれから只の猫

福袋持たされて待たされてをり

胎内のやうう寒林の日溜りは

探梅のなりゆきで寄る水族館

男雛より思慮深き眼の女雛かな

歩く昇る下る東京桜の夜

陽炎や江ノ電崩れつつ走る

冷蔵庫の中は明るい中華街

蒼穹へ目玉差し出す蝸牛

メビウスの帯へ繋がる茅の輪かな

窓に潮騒短夜の切字論

直しつつ使ふ体や夕端居

八月が来る軍服の父が来る

ブラスバンドに殺到したる晩夏光

切株が木々のかなかな聞いてゐる

静寂の調律師なり鉦叩
芒原の密会を四百字にて

星飛んで水晶体を擦過せり

砂時計の三分間も夜長なり

各駅に停まり秋思も停まるなり

赤い鴉が孵りさうなる烏瓜

家族写真そのほとんどは秋桜

月光さらさら夢殿にふりつもり

冬瓜のふてぶてしきを真二つに
鍵盤を指が駆け抜け流れ星

純白の火花を散らす花八手

男だけに聞こえる虎落笛がある

冬用意針金折れるまで曲げる

原子炉を蕩かしてゐる寒夕焼

存分に戦ぎて裸木となりぬ

パンドラの箱の中なり吹雪なり

戦死者の数の寒星息づけり

映画館出るや映画と同じ雪

ナナハンが停まり枯野を輝かす

長男短命三男夭折霜柱

猫も我も野性喪失日向ぼこ

裸木のびっしりと立つ思惟のなか

竹馬の兄の高さを憎みし日

逃水の一瞬ゲルニカを映す

風船を励ましながら膨らます

一語づつ集まつてゐる花筏

逃水と一緒にY字路を右へ

かたつむり鳳凰堂へ身を反らす

文面の奥の暗がり桜桃忌

蝙蝠が隠語を交はしつつ飛べり

薄羽蜉蝣異次元より来たる

青葉光レンガも我もざらざらす

麦秋の匂ひは敗戦の匂ひ

夜の噴水無数の私語を放ちをり

鈍色の沼ふくらます牛蛙

夕立に打たれ穴だらけの気分

空襲の夜の色なり凌霄花

少女泣くまで少年の水鉄砲

十字架の男は独り雲の峰

向日葵はB29を知つてゐる

メビウスの輪の中に在る終戦日

ひらがなに力ありけりねこじやらし

秋天へ懸垂の顎とがらせる

鶏頭の熟慮してゐる形かな

V　液状の闇

平成三十一年〜令和二年

訃報ありポインセチアの緋を凝視

日の器風の器の大枯野

山眠る体のなかに崖ひとつ

寒昴より絶え間なく鈴の音

葉牡丹の渦より海の匂ひ立つ

着ぶくれてゐる肉体も精神も

星座より弾き出されし竜の玉

現像液の闇に枯野の浮上せり

探梅の深き空よりメール来る

霾ぐもり略図の中へ迷ひこむ

液状の闇を思へば亀鳴けり

鳥帰る我ら砂丘に足取られ

天と地を結びて枝垂桜かな

選ばれて遠くまでゆくしゃぼん玉

春愁に包まれ昇るエレベーター

天空は雲雀の深き荒野なり

人類の一人花ふぶきの一片

蜃気楼めざす舟あり我も乗る

母の日の長女も次女も猫も母

声上げて白あぢさゐの発泡す

書きかけの手紙の先は青嵐

夕立の一粒五粒駆け出せり

その夜の脳裡を蛇の滑走す
美しき唇のありサングラス

精悍な揚羽に視線奪はるる
声のひしめく八月の海と空

白塗りの檻に白熊油照り
鶏頭の力を借りて反論す

蟋蟀が夜を静かに碾いてゐる

秋思こま切れ鉄橋の新幹線

木の瘤が瘤の夢見る月夜かな

幻聴のパイプオルガンうろこ雲

約束の金木犀の坂のぼる
とんとんとん釣瓶落しに余韻あり

漂泊のいつも途中の雪螢

山眠りふもとの駅も眠たさう

戦闘機が飛来しさうな寒夕焼

黒を選び試着室にて着ぶくれる

綿虫は綿の重さを知つてゐる

雪の夜を反転させて砂時計

眼帯の中までひたひたと寒波

硬さうな水を軋ませ鯉の冬

半島の先に孤島や冬落暉

風邪熱の眠りに緋鯉現る

流木を尖らせてゐる虎落笛
名犬になれず枯野をひた走る

電気毛布の夢の駱駝に跨つて
喝采を浴びてふくらむ冬薔薇

どんどの火鱗こぼして昇りゆく

臘梅へ伸びる死者の手生者の手

猛りつつ野火は麒麟をこころざす

薄氷は水に責められ水になり

咲いて無人散つて無人のさくらかな

春眠のうすむらさきの金縛り

糸桜夜は時間をしたたらす

ネクタイのやうな参道花まつり

雨粒に色を移せり諸葛菜

黄金の茶室より亀鳴き出せり

岩と波永遠にぶつかり沖縄忌

昏く跳ぶ室の八嶋のあめんぼう

筍を剝くや薄暮の濃くなりぬ

老鶯の声の曲線遊水地

ここまでが夏野ここからアスファルト
洪水の殺気立ちたる速さなり

年を取る途中の黒い夏帽子
遺されてまた八月をくり返す

句集　百昼百夜　畢

あとがき

本書は、平成二十年に上梓した『バビルーサの牙』に次ぐ第二句集である。「響焰」「地祷圏」に発表した句の中の、平成二十年夏から令和二年夏までの、作句期間より三三〇句を自選し、ほぼ制作順に収めて一巻とした。

句集名は、収載句の措辞の引用ではなく、夜となく昼となく生まれ出た俳句時空の片々の累積を、象徴的に束ねて『百昼百夜』とした。

句稿を編むにあたり、多量の自作を見つめ直し、取捨選択をくり返しながら実感したことは、第一句集の時と同様の、達成感の希薄さであった。

私は長い歳月、虚と実でいえば虚を意識して句を作り、虚とはまさに虚しさのこと、そう覚悟しつつ、虚の奥の実に拘泥し、現在に至っている。残された未来を思えば、このまま進むほかはない。そう思っている。

私の師は「響焰」の和知喜八創刊主宰、山崎聰名誉主宰、そして「地祷圏」

の石田よし宏前代表である。山崎先生には本書の帯に、集中より一句を採り上げて、示唆の深いコメントを戴いた。心より感謝する次第である。そしてほかのお二人はすでに泉下の人である。それぞれの強靱な俳句精神の包容力の中で、自由に句づくり出来たことはまさに幸甚であり、深謝するばかりである。

「響焰」「地祷圏」、この二つの切磋琢磨の場を中心に、いくつもの俳句の輪の中で継続できたのも、先輩と仲間の多くの存在があったからで、その大きな力に対しても改めて謝意を述べさせていただく。

本書を、本阿弥書店の「平成・令和の一〇〇人叢書」に加えていただき、書籍編集部の黒部隆洋様の折々のアドバイスと細部までのご配慮により、刊行できたことを心より御礼申し上げます。

令和二年十月

石倉夏生

著者略歴

石倉　夏生（いしくら・なつお）本名　宣義

1941年　茨城県生まれ
1981年　「響焰」同人
2000年　「地祷圏」創刊同人

句集『バビルーサの牙』上梓（2008年）
響焰賞（1983年・87年・88年）
響焰最優秀作家賞（1985年）
栃木県俳句作家協会賞（1991年）
第７回現代俳句協会年度作品賞（2006年）
栃木県俳句作家協会七木賞（2016年）

現 在
「地祷圏」代表　「響焰」同人
朝日新聞栃木県版俳壇選者
栃木県現代俳句協会顧問
栃木県俳句作家協会副会長
日本現代詩歌文学館振興会評議員

現住所
〒328-0024　栃木県栃木市樋ノ口町 130-13

響焰叢書 No.83

句集　百昼百夜《ひゃくちゅうひゃくや》　　平成・令和の100人叢書78

2020年12月25日　発行

定　価：本体 2800 円（税別）

著　者　石倉　夏生

発行者　奥田　洋子

発行所　本阿弥《ほんあみ》書店

東京都千代田区神田猿楽町2-1-8　三恵ビル　〒101-0064
電話　03(3294)7068(代)　　振替　00100-5-164430

印刷・製本　三和印刷(株)

ISBN 978-4-7768-1529-7 (3245)　Printed in Japan